国家出版基金项目
NATIONAL PUBLICATION FOUNDATION

记住乡愁

——留给孩子们的中国民俗文化

刘魁立◎主编

第六辑 口头传统辑（二）

本辑主编 杨利慧

王均霞◎编著

孟姜女传说

黑龙江少年儿童出版社

编委会

主　任　刘魁立

副主任　叶　涛　施爱东　李春园

编委会　叶　涛　刘魁立　刘伟波　刘晓峰　刘　托
　　　　孙冬宁　陈连山　李春园　张　勃　林继富
　　　　杨利慧　施爱东　萧　放　黄景春

丛书主编　刘魁立

本辑主编　杨利慧

序

亲爱的小读者们，身为中国人，你们了解中华民族的民俗文化吗？如果有所了解的话，你们又了解多少呢？

或许，你们认为熟知那些过去的事情是大人们的事，我们小孩儿不容易弄懂，也没必要弄懂那些事情。

其实，传统民俗文化的内涵极为丰富，它既不神秘也不深奥，与每个人的关系十分密切，它随时随地围绕在我们身边，贯穿于整个人生的每一天。

中华民族有很多传统节日，每逢节日都有一些传统民俗文化活动，比如端午节吃粽子，听大人们讲屈原为国为民愤投汨罗江的故事；八月中秋望着圆圆的明月，遐想嫦娥奔月、吴刚伐桂的传说，等等。

我国是一个统一的多民族国家，有 56 个民族，每个民族都有丰富多彩的文化和风俗习惯，这些不同民族的民俗文化共同构筑了中国民俗文化。或许你们听说过藏族长篇史诗《格萨尔王传》

中格萨尔王的英雄气概、蒙古族智慧的化身——巴拉根仓的机智与诙谐、维吾尔族世界闻名的智者——阿凡提的睿智与幽默、壮族歌仙刘三姐的聪慧机敏与歌如泉涌……如果这些你们都有所了解，那就说明你们已经走进了中华民族传统民俗文化的王国。

你们也许看过京剧、木偶戏、皮影戏，看过踩高跷、耍龙灯，欣赏过威风锣鼓，这些都是我们中华民族为世界贡献的艺术珍品。你们或许也欣赏过中国古琴演奏，那是中华文化中的瑰宝。1977年9月5日美国发射的"旅行者1号"探测器上所载的向外太空传达人类声音的金光盘上面，就录制了我国古琴大师管平湖演奏的中国古琴名曲——《流水》。

北京天安门东西两侧设有太庙和社稷坛，那是旧时皇帝举行仪式祭祀祖先和祭祀谷神及土地的地方。另外，在北京城的南北东西四个方位建有天坛、地坛、日坛和月坛，这些地方曾经是皇帝率领百官祭拜天、地、日、月的神圣场所。这些仪式活动说明，我们中国人自古就认为自己是自然的组成部分，因而崇信自然、融入自然，与自然和谐相处。

如今民间仍保存的奉祀关公和妈祖的习俗，则体现了中国人崇尚仁义礼智信、进行自我道德教育的意愿，表达了祈望平安顺达和扶危救困的诉求。

小读者们，你们养过蚕宝宝吗？原产于中国的蚕，真称得上伟大的小生物。蚕宝宝的一生从芝麻粒儿大小的蚕卵算起，中间经历蚁蚕、蚕宝宝、结茧吐丝等过程，到破茧成蛾结束，总共四十余天，却能为我们贡献约一千米长的蚕丝。我国历史悠久的养蚕、丝绸织绣技术自西汉"丝绸之路"诞生那天起就成为东方文明的传播者和象征，为促进人类文明的发展做出了不可磨灭的贡献！

小读者们，你们到过烧造瓷器的窑口，见过工匠师傅们拉坯、上釉、烧窑吗？中国是瓷器的故乡，我们的陶瓷技艺同样为人类文明的发展做出了巨大贡献！中国的英文国名"China"，就是由英文"china"（瓷器）一词转义而来的。

中国的历法、二十四节气、珠算、中医知识体系，都是中华民族传统文化宝库中的珍品。

让我们深感骄傲的中国传统民俗文化博大精深、丰富多彩，课本中的内容是难以囊括的。每向这个领域多迈进一步，你们对历史的认知、对人生的感悟、对生活的热爱与奋斗就会更进一分。

作为中国人，无论你身在何处，那与生俱来的充满民族文化DNA的血液将伴随你的一生，乡音难改，乡情难忘，乡愁恒久。这是你的根，这是你的魂，这种民族文化的传统体现在你身上，是你身份的标识，也是我们作为中国人彼此认同的依据，它作为一种凝聚的力量，把我们整个中华民族大家庭紧紧地联系在一起。

《记住乡愁——留给孩子们的中国民俗文化》丛书，为小读者们全面介绍了传统民俗文化的丰富内容：包括民间史诗传说故事、传统民间节日、民间信仰、礼仪习俗、民间游戏、中国古代建筑技艺、民间手工艺……

各辑的主编、各册的作者，都是相关领域的专家。他们以适合儿童的文笔，选配大量图片，简约精当地介绍每一个专题，希望小读者们读来兴趣盎然、收获颇丰。

在你们阅读的过程中，也许你们的长辈会向你们说起他们曾经的往事，讲讲他们的"乡愁"。那时，你们也许会觉得生活充满了意趣。希望这套丛书能使你们更加珍爱中国的传统民俗文化，让你们为生为中国人而自豪，长大后为中华民族的伟大复兴做出自己的贡献！

亲爱的小读者们，祝你们健康快乐！

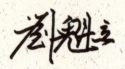

二〇一七年十二月

目　录

走进孟姜女的传说

| 走进孟姜女的传说 |

《孟姜女》与《牛郎织女》《白蛇传》《梁山伯与祝英台》并称"中国四大民间传说"，它们在中国可谓家喻户晓，是中华民族宝贵的精神文化遗产。

在过去，孩子们常常跟着走街串巷的说书人身后听孟姜女的故事，在村庄庙会的戏台前看戏班子唱《孟姜女》，冬天围坐在温暖的火炉旁看着爷爷奶奶张贴在墙上的孟姜女年画。现在的孩子们则大多通过图书、影视剧和动漫来了解孟姜女。尽管随着时代的变迁，故事的传播形式在不断发生着变化，但有关孟姜女的传说仍在人们的生活中广泛流传。

如果要追溯《孟姜女》这个故事的源头，我们大概可以追溯到两千五百年前的《左传》。在《左传》里，《孟姜女》还仅仅是一段杞梁的妻子拒绝庄公在郊外吊唁丈夫杞梁的历史记载。除了杞梁的名字跟现在流传的孟姜女故事中，孟姜女的丈夫范

| 牛郎织女鹊桥相会 |

3

|水淹金山寺|

|梁祝化蝶|

演变成我们今天熟悉的《孟姜女》的？在它发展的过程中，形成了哪些相对稳定的主要故事情节，又发生了怎样的变异？在漫长的历史长河中，它为什么能够经久流传，长盛不衰，其中蕴含着怎样的精神内核？

喜良有些相似之外，几乎没有任何其他关联。那么，这段历史记载是如何一步一步

下面，让我们一起来了解古老的孟姜女传说吧。

一则孟姜女的传说

| 一则孟姜女的传说 |

在我们开始关于孟姜女传说的探秘之旅之前，我们有必要先来重温一下孟姜女的传说。

作为民间口头文学，孟姜女传说并不存在一个一成不变的文本，民间的讲述千差万别，没有两则讲得完全一样的孟姜女传说。因此，我们也找不到一个标准的版本。这里，我们与大家分享一则在北京地区流传的《孟姜女的传说》。在这则《孟姜女的传说》中，包含了许多普遍流传的主题。

孟姜女的传说

在八达岭有这么两户人家，挨帮靠底地住在一块儿，墙东是孟家，墙西是姜家，多年下来，两家人相处得跟一家人一样。

这年墙东孟家种了棵瓜秧，顺着墙爬到了另一边的姜家，并在墙西姜家那边结了个瓜。这个瓜长势喜人，谁看见谁夸。一来二去的，这瓜长得越来越大。等到秋后要摘瓜了，一瓜跨两院，该怎么办呢？得分哪，于是两家人就拿刀把这瓜切开了。

瓜一切开，金光闪亮，里边没有瓤，也没有籽，而是坐着一个粗眉大眼、又白又胖的小姑娘。孟家和姜家都没有后代，一见这个小姑娘喜欢得不得了，两家一商

7

量，雇了个奶母，一起养育小姑娘。

一年小，两年大，三年长得盛不下。一晃这小姑娘十多岁了。两家就请了个先生，教她读书。念书得起个名字方便先生教导，叫什么呢？两家人商量说："这是咱们两家的后代，就叫孟姜女吧。"打这儿起，这个小女孩就叫孟姜女了。

这时候，秦始皇开始在八达岭修建长城了，到处抓人充工。那时候天上有十二个太阳，只有白天，没有黑夜，民工们没有休息的时间，并且三天只吃三顿饭，饿死、累死的人不知有多少。

范喜良是个书生，他听说秦始皇正在四处抓人，吓得就从家乡跑出来了。他一个人，人地两生，能跑到哪

儿去呢？他抬头一看，前不着村，后不着店，又不敢远走，就犯了愁了。可愁也得走，范喜良又跑了一阵子，看见一个村子，村子里有个花园，就躲了进去。

这花园是谁家的呢？正是孟家的。这工夫，孟姜女恰好带着丫鬟在花园里逛。孟姜女见葡萄架底下藏着一个人，可吓坏了。她"哎呀"一声喊了出来。

丫鬟问："怎么回事？"

孟姜女说："不好了，有……有人。"

丫鬟一看，刚要喊，范喜良赶忙爬出来说："别喊，别喊，我是逃难的，还请救我一命。"

孟姜女见范喜良一副文质彬彬的样子，就带着丫鬟回去了。待到孟员外跟前，

把事情一说，孟员外便说："把他请进来吧！"等范喜良进来后。孟员外问："你姓什么？叫什么？"

"小生姓范，叫范喜良。"

"你是哪儿的人哪？"

"小生家在北面。是这村北的人。"

"因为什么到这里？"

"因为皇帝要修长城，我的家乡在四处抓人，没办法，只好跑到这儿来了。"

孟姜女的父母一看，小伙儿挺老实，说：

"好吧，你在这儿住下吧！"就把他留下了。

范喜良这一住就好多天。孟员外想，姑娘不小了，该找个夫君了，就跟孟夫人商量："我看范喜良不错，不如把他招门纳婿得了。"

孟夫人一听，说："那敢情好了。"但又想了想，说："这件事还要和姜家商量商量。"孟氏夫妇跟姜家夫妇一商量，他们对这件亲事也乐见其成。范喜良呢？更不用说。于是这门亲事就被定下了。

孟姜两家选了个日子让二人成亲，摆上酒席，请来各方的亲友宾朋，热闹了一整天。

孟家有个家仆，他见孟员外没儿子，便惦记上孟姜女了。可是自从知晓孟家打算招范喜良为上门女婿后，他气得脸色煞白，一转眼珠，坏主意就来了。他偷跑到县官那里，跟县官说："大人，孟员外家窝藏了一个叫范喜良的民工。"

县官一听有人胆敢窝藏民工，厉声说："去抓了来！"

9

随后便带上衙役去了孟家。

这时天快黑了，客人也散了，孟姜女和范喜良正准备入洞房呢，只听院子里传来鸡叫狗咬的声音。不一会儿，进来一伙衙役，不容分说，三拉两扯，就把范喜良给抓走了。

孟姜女一看丈夫被抓走了，大哭小嚎，闹了一阵，也没办法。过了几天，孟姜女跟孟父孟母说："我要去找范喜良。"

孟父孟母一想，与其让她待在家里伤心，还不如让她去吧。就拿了一些银子给孟姜女，还让仆人跟着。

走到半路上，这个仆人不怀好意地说："范喜良这一去凶多吉少，你还不如跟着我过呢！"

孟姜女知道这个仆人没安好心，闻言答道："好是好，可是咱俩成亲，也得找个媒人哪！"

这荒郊野岭要上哪儿找媒人去？

孟姜女说："这样吧，你看那山沟里有朵花，你把它摘来，咱俩以花为媒吧。"

这个仆人觉得孟姜女的话有道理，就去摘花了。仆人走到山沟边一看，就犯了愁了。山沟这么深，怎么下去呀？

孟姜女说："你要是有胆量的话就好办，你把行李绳子解下来，我拉着，你往下爬，不就行了吗？"

仆人就解下绳子，孟姜女拉着一头，他拉着另一头心惊胆战地爬了下去。他的身体刚刚离地，孟姜女一松手，"咕咚！"他摔到石崖下面去了，摔了个脑浆崩裂。

随后，孟姜女直奔修长城的工地。到了工地，她寻了好几天也没寻着范喜良。后来碰上一帮民工，她问："你们这儿有个叫范喜良的人吗？"大伙儿说："有这么个人。"孟姜女说："他在哪呢？"其中一个人说："这几天没看见他，应该是已经死了。"孟姜女一听吓了一跳，赶忙问："在哪能看到尸首？"那人说："谁管尸首哇？早都填了长城脚了！"

孟姜女闻言一阵心酸，就放声大哭起来。正哭着，只听"哗啦"一声，一段长城倒了，露出了范喜良的尸首。孟姜女抱着尸首，哭得死去活来。正哭着，来了一帮衙役，不容分说，上去就把她绑了起来，交给了县官。那县官一看孟姜女长得美丽动人，就把她献给了秦始皇。

秦始皇一见孟姜女大喜，不但赏赐给县官许多金银财宝，还给他升了官。秦始皇本想霸占孟姜女，可是孟姜女死也不从。没办法，秦始皇就找几个人去劝，但孟姜女任凭怎么劝也不从。

日久天长，老这样下去也不行啊。孟姜女便想了一个主意。假意"从了"，看护的人一听从了，就报给秦始皇。秦始皇的心里很高兴，就来见孟姜女。

孟姜女说："您得应我三件事，我才能从您。"

秦始皇说："只要你从，别说三件事，三十件事也依你。"

孟姜女说："头一件事，请让高僧为我丈夫念七七四十九天经，以超度他的亡灵。"

秦始皇为了得到孟姜女，想了想，说："行，我答应你。"

孟姜女说："第二件事，你要穿上孝服，在灵位前跪拜。"

秦始皇这回可犹豫了，心想：我是人王地主，怎么能干这个。于是他说："这件不行，再说第三件事。"

孟姜女说："你不答应的话，就没有第三件事！"

秦始皇没了主意，想了半天，还是没办法。他看看孟姜女，越看越觉得她美，

｜连环画《孟姜女》｜

真是魂都要出窍了。于是，他就说："行，我答应你第二件，说第三件事吧。"

孟姜女说："第三件事，做完以上两件事后，你要陪我到海边待三天，三天以后，才能成亲。"

秦始皇觉得这一件事很容易办到，便答应道："好，都依你。"

秦始皇吩咐人请来高僧，大搭彩棚，准备孝服。都准备齐全后，秦始皇果真披麻戴孝到范喜良灵位前跪拜。

待发完丧了，孟姜女对秦始皇说："咱们去海边吧，三天后好成亲。"秦始皇乐坏了，叫人抬来轿子，跟孟姜女来到了海边。孟姜女下了轿，走了几步后，一把推开秦始皇，"扑通"一声就投了海。

秦始皇一看，急了，刚想叫人，话没出口，孟姜女早沉入海底了。秦始皇没办法就拿出赶山鞭，往海里抽石头，想把孟姜女砸死在海底。

他这一抽不要紧，海龙王受不了了，要是地上的石头都跑到海里，那龙宫不就完了吗？

龙王有个公主，她非常聪明，对老龙王说："不要紧，我去偷他的赶山鞭。"

"你要怎么偷呢？"

"我变成孟姜女的样子，出去跟他成亲。之后趁他不注意，就把赶山鞭偷出来。"

龙王一听，这办法不错，说："去吧。"公主就变成孟姜女的样子来到了海面上。

一见秦始皇，公主就说："你看你，我说三天，现在还不到两天，你就填起海来了，幸亏没砸着我。"

秦始皇一看"孟姜女"回来了，十分高兴，收起赶山鞭，说："我以为你不回来了呢。"就跟公主回宫了。

公主跟他做了一百天夫妻，后来把赶山鞭给盗走了。

没了赶山鞭的秦始皇再也没有办法了。

从杞梁妻到孟姜女：
孟姜女传说的发展轨迹

| 从杞梁妻到孟姜女：孟姜女传说的发展轨迹 |

今天，我们大部分人听到的孟姜女传说整体上与以上这则流传于北京地区的《孟姜女的传说》大同小异。

可是，孟姜女传说从一开始就是这样的吗？并不是的，孟姜女传说发展成今天这个模样，也经历了漫长的历程。

我们可以将故事的源头追溯到《左传》。不过，在《左传》的记载中，只有"杞梁"这个名字与现在的孟姜女传说有些许关联，其他再无相似之处。那么，在这漫长的历史发展过程中，"杞梁妻

杞梁之妻

拒绝郊吊"的故事是如何一步一步演变成我们今天熟悉的孟姜女传说的呢？历史学泰斗顾颉刚先生曾经对这个传说形成和发展的来龙去脉做过详细的探索，这让我们有机会了解这个传说的千年演变历程。下面，我们就以顾颉刚先生的考证为蓝本，来看看孟姜女传说在漫长的历史进程中是如何发展演变成今天的模样的。

一、孟姜女传说的雏形：杞梁妻的故事

《左传》中记载了一个历史事件：齐庄公攻打莒国的时候，他的大将杞梁阵亡了。齐庄公率师回国在郊外遇见杞梁的妻子，便向她吊唁。不曾想，杞梁妻拒绝接受齐庄公的吊唁，她说："如果杞梁是有罪的，那么君主

何必吊唁一个有罪的人使自己受辱呢？如果他没罪，那他还有先人留下的破屋子！恕小女子不能在郊外接受你的吊唁！"齐庄公听了便去杞梁家吊唁了。这个记载算是孟姜女传说的源头，里边只有"杞梁"这个名字和现在的孟姜女传说中孟姜女丈夫的名字有些关联性，其他则与现在的孟姜女传说毫无关联。

杞梁妻的故事与孟姜女传说进一步产生关联，则又过了二百年。到了战国中期，典籍记载又在杞梁妻拒绝郊外吊唁的基础上加入了杞梁妻善哭的情节。记载说杞梁死后，他的妻子出来迎接他的灵柩，哭得伤心欲绝。这个情节为后来孟姜女哭倒长城埋下了伏笔。

到了西汉后期，传说中杞梁妻的哭功骤增，以至于能哭到城墙崩裂了。西汉的刘向是我们今天知道的最早讲述"崩城"这件事的人，他说，杞梁和他的战友战死之后，他们的妻子悲痛欲绝，在城墙下哀哭，结果把城墙给哭倒了。他还说，杞梁妻在安葬了杞梁以后，投淄水①死了。从这时候开始，杞梁妻拒绝郊外吊唁的事便渐渐被人遗忘，哀哭使得城墙崩裂的事反而被记住了。但是，杞梁妻到底哭倒的是哪儿的城墙，文献记载中并没有一个确切的说法。有的说是杞都城，有的说是莒城，

①淄水：今山东省新泰市西北的小汶河。

但没有人说是长城。一直到六朝时期，典籍中才有杞梁妻哭倒长城的记载。这个情节出现之后，杞梁妻的故事便发生了根本性的变化，它不再是一个拒绝郊外吊唁的故事，而是变成了一个哭倒长城的故事。它的情节与我们今天知道的孟姜女传说越来越接近了。

二、杞梁妻拒绝郊吊变孟姜女哭长城

六朝时期的民间志怪小说《同贤记》中有这样一个故事：秦始皇修长城，燕人杞良为了躲避苦役逃到了孟起家的后园中，藏到了树上。正巧孟起的女儿孟仲姿在后园洗澡。发现杞良后，孟仲姿就对杞良说："你既然看到了我的身体，我的身体就不能再让别的男人看见了，我只能嫁给你了。"在征得了孟起的同意后，孟仲姿和杞良喜结连理。刚完婚，杞良就被抓回到修长城的地方，并被打死筑到长城里头。孟仲姿得知这个消息后非常悲痛，她对着长城悲哭，直哭得长城崩塌，露出一堆白骨。孟仲姿便刺破手指，把血滴到骨头上，说要是杞良的骸骨，血就会渗进骸骨里。血果然渗进了这副骸骨里。孟仲姿便收拾了杞良的骸骨带回去埋葬。

在这个故事里，杞梁的名字变成了杞良，杞梁妻也有了名字，叫孟仲姿。杞梁和孟仲姿变成了秦朝人，杞良也不再是战死的，而是因为修长城而死的。孟仲姿哭倒的不再是城墙，而是长城。这个版本中的杞良妻完全摒

弃了杞梁妻拒绝郊外吊唁的情节，而是将故事的重点转向杞良妻哭倒长城。顺着这个方向发展的杞良妻故事一直流传到今天。

到了唐朝末期，杞梁妻的名字才变成孟姜女，并在故事中加入了送寒衣的情节。敦煌曲子词里有一首《捣练子》，说的就是这件事：

孟姜女，杞梁妻。一去烟山更不归。造得寒衣无人送。不免自家送征衣。

在这首曲子里，杞梁成了范梁，他的妻子开始叫孟姜女。杞梁妻拒绝郊外吊唁的故事就这样慢慢变成了孟姜女哭倒万里长城的故事。

从清代到当代，孟姜女传说的主要情节继承了唐朝以来的孟姜女哭倒万里长城

21

的传说，又在其中加入了秦始皇想强娶孟姜女，孟姜女要求秦始皇安葬、祭祀范喜良，然后自杀等情节。也就是说，从清代之后，孟姜女传说基本就是今天我们所看到的模样了。一则看似无足轻重的传说故事，它的发展也有一个漫长的历史进程，并在此过程中发生了种种有趣的转变。

这里也附带解释下孟姜女名字的含义。"孟姜女"这个名字到底是什么意思呢？是指杞梁妻姓孟名姜女，还是指她姓孟姜，名女？根据学者们的考证，这实际上是周代称呼妇女的一种方式，它把女性在家里的排行放在前边，把姓氏放在排行后边。孟是老大的意思，孟姜就是指姜姓人家的大女儿。到了南宋时期，也许还曾经出现过一个名叫孟姜的美丽女子。久而久之，孟姜女便成了美女的通称。以上是学者关于孟姜女名字来历的解释，而在民间传说中，又有另一番解释，我们将在后文做介绍。不管孟姜女的名字有多少种解释，从唐朝末期开始，孟姜女传说中孟姜女这个名字逐渐就固定了（不然也很难叫"孟姜女传说"了）。不过，孟姜女丈夫的名字却并不固定，即便到现在，我们所了解到的孟姜女传说中，孟姜女丈夫的名字也不统一，多数叫范喜良，也有叫杞梁、万杞梁、万喜良等名字的。

孟姜女传说的主要故事情节

| 孟姜女传说的主要故事情节 |

孟姜女传说主要通过口耳相传的形式传播，具体的故事情节一直在不断变化。不同地区、不同讲故事的人所讲述的故事千差万别。就算同一个讲故事的人，他也可能会根据听故事人群的不同、讲述时状态的不同等而改变其讲述内容。但在这些变化中，孟姜女传说的一些主要故事情节却是相对稳定的。我们现在听到的孟姜女传说基本上包含了孟姜女身世，孟姜女和万喜良相遇，喜结连理，范喜良临婚被捕，寻夫送寒衣，哭倒长城，向秦始皇提要求，自杀等情节。现在我们就一起来看看这些主要故事情节，以及这些主要情节在细节上的差别。

一、孟姜女出生

在民间传说中，孟姜女的出生非同寻常。一种说法是她是从瓜里诞生的。是什么瓜呢？有的说是冬瓜，有的说是西瓜，也有的说是香瓜。但在多数的民间传说中，孟姜女是从葫芦里来的。这些故事中的情节，都是孟家和姜家是邻居，孟家的葫芦蔓爬到姜家，并在姜家结了一个葫芦。到了秋天葫芦成熟了，摘下来切开一看，里边是一个白白胖胖的小姑娘，两家便给她起名叫孟姜女。这也是孟姜女名字的来

|葫芦|

历。前面的《孟姜女的传说》中就是这么讲的。另外还有一个被收录在《中国民间故事集成·北京卷》中的《长城和孟姜女》，讲的孟姜女出生的情节与其大同小异：

住在八达岭的人说，从前，北方一个村子里，有这么两户人家，挨帮靠底地住在一块儿，墙东是孟家，墙西是姜家。这两家都没有孩子，多少年了，处得跟一家人一样。

这年，墙东孟家种了一棵瓜秧，结了个瓜，顺着墙头爬过去了，在墙西姜家那边结着呢。瓜长得奇，溜光水滑，谁看见谁夸。一来二去的，瓜就长成了，沉甸甸的，挺大的个儿，到了秋天，把瓜摘了下来，弄了个桌子摆在院里。一瓜跨两院，得分开呀。晒了三天，就拿刀把瓜切开了。

瓜一切开，嘀，金光闪亮，里边没有瓤，也没有籽，而是坐着一个小姑娘，粗眉大眼，又白又胖，真招人喜欢。孟家和姜家都没有后代，乐得嘴都合不上了。雇了个奶母，就把小姑娘收养起来了。

俗话说，一年小，二年

大，三年长得盛不下。一晃这小姑娘十多岁了，两家都有钱，孟家更是个员外，就请了个先生，教小姑娘念书。念书得起个名啊，叫什么呢？孟家说："这是咱们两家的后代，我姓孟，你姓姜，就叫孟姜女吧。"打这儿起，就叫孟姜女了。

但在民间故事里，孟家和姜家也不是老这么和和气气的，有的故事中说两家也为争这个孩子闹得不可开交，甚至闹到公堂。在黑龙江五常流传的《孟姜女》中就说：

从前，有一个姓孟的和一个姓姜的。这两户人家是邻居。两家之间用一道木头障子隔着，老孟家种的葫芦顺着障子空儿爬到老姜家那面，还结了一个很大的葫芦。

孟家对姜家说："这葫芦，你家用板托上吧，到秋天就给你们了。"老姜家就用一块木板把葫芦托了起来。等到秋天一开葫芦，里面竟然是一个白白净净的小女孩。老孟家不干了，说这个葫芦是他家种的，既然里边是个小孩，这小孩就该归他们。姜家说这葫芦是他家照顾大的，小孩应该归他们。两家争得不可开交，就报了官。县官一听情况，就把女孩断给他们孟姜两家，由两家共同抚养，遂起名为孟姜女。

至于为什么孟姜女非得从瓜里或者葫芦里出生，民间故事里也有解释。浙江舟山的孟姜女传说中就提到，孟姜女原是天上的一个仙女，因为偷看了人间的景色，犯了天规，被玉帝罚落到人间。孟姜女到人间之后，无处安身，就藏到老孟家种的一个冬瓜里了。

二、孟姜女和万喜良相遇，喜结连理

孟姜女传说中，第二个重要的故事情节是孟姜女和范喜良相遇。经典的讲述版本通常将范喜良塑造为逃役的书生，他为了躲避修长城的徭役而误入孟家后花园（一说为孟家附近的其他地方，比如菜园），并在那里巧遇正在散步、准备洗澡或者在做别的什么事的孟姜女。孟姜女要么基于传统的伦常观念和对范喜良相貌人品的考评决定与范喜良结婚，要么基于之前有条件的许诺与范喜良结婚，要么基于相关难题的考验结果与范喜良结婚。

基于传统的伦常观念和对范喜良相貌人品的考评而喜结连理的故事情节占大多数。例如，在河北固安流传的《孟姜女哭长城》中说：

他（万喜良）风餐露宿。这天傍晚，来到一个村子旁，正遇上官差骑马过来抓人，他赶紧爬上一户人家的墙头，跳进去藏在里面，这里正是孟家的后花园。他刚躲在芭蕉树后，恰巧这家的女儿孟姜女从前院来到这里。孟姜女聪明美丽，万喜良在芭蕉树下看呆了，他还从来没见过这么美丽的姑娘。孟姜女到了池塘边，放下筐子正要脱衣服洗澡。万喜良觉得看人家姑娘洗澡不好，便扭过脸去。听外边人马已经走远，想再跳墙出去，可是由于心慌，"扑通"一下子掉了下来，这下惊动了正在洗澡的孟姜女。她的惊呼引来了孟员外夫妇。万喜良这时很难为情，走也不是，不走也不是。孟员外见女儿在池塘里啼哭，有一个年轻男子在自家花园墙下尴尬地站着。夫人和丫鬟奔孟姜女去了，孟员外走到万喜良跟前问："你是干什么的？为什么跑到我家花园里？"万喜良说："老伯，真是对不起，我是个读书人，为逃徭役出来避难，走到村头见路上从远处追来拉夫的官差，我无处躲藏才逃到你家的花园里。我给你们添麻烦了，我现在就走。"孟员外说："你先别走，咱们去前院，我有话要说。"他们二人在前院屋里说着话，孟夫人也赶了过来。孟夫人对孟员外说：

"我们姑娘一向端庄有礼，很少出门见人，今天她的身子却被男人看见了，这怎么是好？"男女授受不亲，这是自古流传下来的礼节，这件事要是传出去，简直没法活。老两口儿在一旁商量，看来只有招这个逃亡之人做自己的女婿，才能解决这个难题。孟员外把这番心意向女儿一说，她转悲为喜；跟万喜良一说，万喜良也很高兴。二老见了欢喜异常，当晚张灯结彩，给他们办了婚事。

在陕西铜川一带流传的孟姜女和范喜良的传说中，孟姜女和范喜郎是在孟家的菜园里相遇的：

有一天夜里，狗叫了一通宵，天没亮，孟姜女开门去菜园浇水，见一个年轻书生靠在墙上睡着了，不由得大吃一惊。原来，这书生叫范喜良，秦始皇下令修建长城，凡年轻力壮的都要抓去服苦役，范喜良自料难以经受那种折磨，只得远逃他乡。孟姜女见范喜良眉清目秀，心生爱慕……

有条件的许诺而结婚的情节也不少。河南桐柏的孟姜女传说就是这么讲的：

孟姜女长大了，好多人来提亲，她都不答应。爹娘整天为她发愁。她说："谁要是看到我的手镯，我就答应跟他成亲。"她为什么会这么说呢？原来手镯是她从葫芦里出来时就带来的，她如果不让人看，谁也不得见。

那时候秦始皇下令修建长城，到处抓人。有个叫范喜良的，为了躲避徭役，无意间躲到孟家的后花园里。后花园里有一个水塘，范喜良藏到了水塘边的石板底下。孟姜女去洗手，手巾掉到水塘里头了。她伸手去捞，手镯恰巧露了出来。范喜良怕她掉进水里，说："哎，小心别掉下来！"孟姜女一看范喜良在石板下躲着，心想：他一定看见我的手镯了。于是，她就叫范喜良出来，进到屋里，和父母一说，父母就让他俩结婚了。

还有一个经常被讲述的版本是孟姜女出对联招亲。例如，河北秦皇岛流传的孟姜女传说中提到：

一而再，再而三，孟姜女长成个俊俏的大姑娘，琴棋书画样样精通，说媒的、拉纤的踏破了门槛，孟姜女都不答应。后来，她提出要出对联选女婿，老两口儿只

花园

好由着她，上联写的是：海水朝朝朝朝朝朝落。谁能对出下联，孟姜女就嫁给谁。不少人都想娶孟姜女，可是却对不出下联。

有一天，一个叫万喜良的穷书生，为了逃避秦始皇修万里长城的苦役，逃到了这里。他看见榜文，挥手写出下联：浮云长长长长长长长消。孟姜女一看，对联对得好，字也写得好，人也长得英俊，就答应了这门婚事。孟家老两口儿把万喜良留在家里，选日子准备为他们成亲。

三、范喜良临婚被捕

可是，幸福的日子太短暂。民间故事里的孟姜女和范喜良新婚不久，范喜良就被抓去服徭役了。有的民间故事中说，范喜良新婚之夜就被抓走了，有的说结婚还不到三天就被抓走了。

河北固安流传的《孟姜女哭长城》的故事中，说万喜良结婚不到三天就被抓了：

结婚还不到三天，一大早，公差又进村抓人。他们手拿绳索刀枪，挨家挨户搜查。到了孟家看见万喜良，不由分说将他绑了起来，拉着就往外走。孟姜女哭着追出来，万喜良只得和新婚妻子惨痛分别，他对妻子和岳父、岳母说，自己这一去凶多吉少，劝妻子另行择配，不要耽误了青春。孟姜女看见秦军的暴行，心疼丈夫的无辜被抓，心如刀绞，哭得死去活来。

与之前介绍的《孟姜女的传说》类似的还有北京延庆县《长城和孟姜女》的故事，这个故事的情节要更复杂一些。故事说孟姜女和范喜良新婚当天，被孟家的一个家仆告发了：

孟家有个家仆，他早就惦记上了孟姜女，一心想当孟家的女婿，他见孟家招了范喜良为婿，满心的不高兴。他想：都是你范喜良，弄得我竹篮打水一场空。今天，你招门纳婿了，我也不能叫你得好。他眼珠子一转，就偷着跑到县官那里告状去了。他报告县官说："孟员外家窝藏民工，叫范喜良。"县官听说有人敢窝藏民工，眼珠一瞪，说："抓！"带上衙役就去了。

这时候，天快黑了，客人也散了，孟姜女和范喜良正准备入洞房，就听鸡飞狗咬，不一会儿，冲进来一伙衙役，不容分说，三拉两扯，硬是把范喜良给抓走了。

四、寻夫送寒衣

孟姜女传说中的第四个重要情节是寻夫送寒衣。这个情节突出了孟姜女万里寻夫的决心和寻夫路上所经历的千辛万苦。孟姜女寻夫送寒衣的情节在孟姜女相关的戏文或者影视剧中常常被着力渲染。例如，1986年，由黄梅戏表演艺术家杨俊主演的黄梅戏电影《孟姜女》就着力渲染了孟姜女寻夫送寒衣路上的艰辛。

剧中，孟姜女先到范喜良家，见到了范喜良的妹妹，妹妹决定跟嫂嫂一起去为哥哥送寒衣，姑嫂二人便一起上路了。半路上，年岁尚小的小姑因不堪忍受旅途的艰辛，病死了。孟姜女埋葬了小姑后，一个人继续艰难赶路，到了城门口，遭到守门官兵故意刁难。在那里，孟姜女唱了著名的《十二月花名》，直唱得官兵们泪水涟涟，不仅归还先前抢夺去的包袱放她通行，还送了盘缠给她。

在民间故事的讲述中，这段通常相对简略。例如，平湖的《孟姜女》只说："日子过得蛮快，已经快到腊月里了，万喜良一去音讯全无。孟姜女就辞别爹娘，去给夫君万喜良千里送寒衣。历尽千辛万苦，孟姜女终于寻到长城脚下……"不过，也有的传说会加入一些特殊故事情节，例如，《长城与孟姜女》中就说，孟姜女出发的时候，父母差一个家仆陪同前往。可是这个家仆想要霸占孟姜女为妻，孟姜女通过计谋摆脱了家仆，艰难脱险。还有的故事把孟姜女寻夫送寒衣的情节跟神仙联系在一起。例如，河北秦皇岛流传的孟姜女传说中是这么说的：

转眼到了秋天，孟姜女想着丈夫身上缺少棉衣想必没法过冬，就要去送衣裳。孟家老两口儿劝也不行，只好依着闺女，打点盘缠，送孟姜女上路。

孟姜女一路上吃了多少苦，连她自己也说不清。这一天来到渝水河边，她看见一群衣裳破烂、面黄肌瘦的民工，十个人一队，手腕上被绳索连着，一队接一队，民工们背上背着大砖正往山上爬。她要到哪儿去找丈夫呢？眼看天要黑了，她就到一个老婆婆家借宿，对老婆婆说了自己的遭遇。老

秋

婆婆说："闺女呀，等平地长出石山来，上山一百单八步，下山一百单八步，爬上七七四十九天，就能找到你丈夫了。"孟姜女说："什么时候平地才能长出石山来呀？"老婆婆把她领到房后，指着一块空地说："你把捡来石块堆在这儿，日子长了，就成山了。"孟姜女捡了三天三夜，石头堆成了堆，就是成不了山。老婆婆原来是神仙变的，她见孟姜女心诚，就甩了甩袖子，眨眼的工夫，石头就堆成了一座山。孟姜女就按仙人的指点去爬山。上山一百单八步，下山一百单八步，爬了七七四十九天，走了七七四十九夜，石山上踩出了孟姜女的脚印，伞把山石挂出了石洞，眼泪把山石滴出了窟窿……

五、哭倒长城

孟姜女传说的第五个重要情节是哭倒长城，寻找范喜良的尸骨。孟姜女历尽千辛万苦，终于到达长城，迎接她的不是她日思夜想的丈夫万喜良，而是万喜良已死的消息。孟姜女悲痛欲绝，哭了三天三夜（也有说是哭了三声），哭倒了长城，露出了白骨。可哪些是万喜良的呢？孟姜女便咬破手指，滴血认夫。血能够渗进的，就是范喜良的遗骸。

河南杞县的孟姜女传说就是这么讲的：

（听到范杞梁的死讯）真是腊月里打响雷，六月里下苦霜。孟姜女一听，当时一句话也说不出来了。她两腿一软，眼前一黑，"扑通"一声瘫在地上，把脸一蒙，大哭起来。孟姜女哭了第一声，长城上的砖开始往下落；孟姜女哭了第二声，整个长城都摇晃了起来；孟姜女哭了第三声，只听"哗哗哗"一阵响，城墙塌了几十丈。孟姜女哭得越悲痛，城墙就塌得越快、塌得越多。顷刻之间，竟哭塌了几百里。长城一塌，露出了被压在下面的白花花的人骨。孟姜女知道这里边就有自己的丈夫，也顾不得害怕了，把中指咬破，挨个儿往骨头上滴血，边滴着边说："若是杞梁，血就洇下去；若不是杞梁，血不变样。"孟姜女滴着血，掉着泪，走了一处又一处，

长城

最后总算找到了自己的丈夫。她抱起尸骨大哭三天，直哭得天昏地暗，日月无光。

也有的民间故事，如广东五华的《孟姜女哭长城》中说，孟姜女能哭倒长城是得到了雷公电母的帮助。孟姜女之所以要万里寻夫，是因为丈夫万杞梁被杀害后，托梦给她，要她设法去万里长城与他见一面。孟姜女到了长城脚下，"大声地哭了起来，她的哭声惊动了玉帝，玉帝就派雷公电母帮助孟姜女把城墙推倒"，万杞梁的尸骨便露了出来。

还有的民间故事说，孟姜女是把长城当成丈夫的坟墓，因而对着长城长哭不止。例如，浙江玉环的《哭长城》中说，孟姜女见到丈夫临死前托人带回来的衣服，得知了他的死讯：

清明节快到了，孟姜女备了一些纸烛，要到北边去祭奠丈夫的亡魂，打理他的坟墓。孟姜女到了北边，才知道自己的丈夫不是得了什么病，而是被皇帝活埋在万里长城脚下了。这么长的长城，自己要到哪里去为丈夫扫墓？又要到哪里去祭亡灵啊？伤心的孟姜女心想：既然你把我的丈夫埋在万里长城下，那这万里长城就是他的坟！孟姜女便对着长城哇哇哭，哭了七天七夜，哭得眼泪像天降大雨，哭得眼泪像大河涨水。突然"轰隆隆"一阵响，长城的城墙塌下来了。孟姜女哭一声，城墙塌一块，哭两声，塌两块，连声连气地哭，整座长城就塌下来了。

六、向秦始皇提要求

孟姜女故事的另一个重要情节是孟姜女向秦始皇提要求。长城被孟姜女哭倒之后，秦始皇出场了，孟姜女和秦始皇开始了正面交锋。听说孟姜女把长城哭倒了，秦始皇大怒，派人将哭倒长城的罪魁祸首抓来问罪。但他一见到孟姜女，就被她的美貌吸引了，一心想与孟姜女成亲。孟姜女便趁机提了三个要求。尽管要求的具体内容有细微差别，但都围绕着安葬范喜良、惩罚秦始皇以及为自杀做准备而展开。例如，北京延庆的《长城和孟姜女》中说，秦始皇见到孟姜女后，便想要霸占她：

孟姜女不从，但日久天长，孟姜女觉得这样拖下去不是办法，便想了个主意。

她和看守的人说："从了。"消息传到秦始皇那里，他很高兴，就来见孟姜女。孟姜女说："从是从，你得应我三件事。"秦始皇说："只要你从，别说三件事，三十件事也依你。"孟姜女说："头一件事，请高僧高道，高搭彩棚，念七七四十九天经，给我丈夫超度亡灵。"秦始皇想了想，说："行，应你这一件事。"孟姜女说："第二件事，你要穿上孝服，在灵位前下跪，叫三声爹。"秦始皇这回可犹豫了。他想：我是人王帝主，怎么能干这个？说："这个不行，再说第三件事。"孟姜女说："不行？不行没有第三件事！"

秦始皇没了主意。想了半天，还是不想当这个孝子。可是他看看孟姜女，越看越美，真是魂都要出窍了。这块肥肉到了嘴边还能放过？他掂量半天，心想，先答应下来再说。于是便咬咬牙说："行，答应你第二件事，说第三件事吧。"孟姜女说："你要跟我游海三天，三天以后成亲。"

秦始皇想，这一件很容易，便马上说："成了，三件事都依你。"

七、自杀

通过对秦始皇提的三个要求，孟姜女安葬了丈夫、戏弄了秦始皇，也为在不能逃脱秦始皇魔爪的情况下自杀做了铺垫。自杀成为孟姜女传说中不可或缺的情节。上文提到的《长城和孟姜女》中，秦始皇答应为孟姜女做三件事之后，马上就吩咐请高僧，大搭彩棚，准备孝服，都齐了之后，便让高僧念经

超度，秦始皇也披麻戴孝，为孟姜女的丈夫发丧了。前两件事都完成了，孟姜女提醒，还有第三件事，该去海边游玩了：

秦始皇乐坏了，叫人抬上两顶花红彩轿，又预备两条游船，跟孟姜女来到了海边。孟姜女下了轿，上了船，到了水深处，推开秦始皇，纵身一跳，"扑通"一声，投了海。

多数民间故事都说孟姜女是跳海自杀，但也有一些故事，如陕西宜君的《孟姜女吊孝》中就说，孟姜女是撞墙自杀的。

不过，不论是跳海自杀还是撞墙自杀，大部分孟姜女传说至此便戛然而止，但也有一些民间故事又从中发展出一些有趣的情节。例

如之前介绍的《孟姜女的传说》中说，孟姜女跳海之后，秦始皇拿出他的赶山鞭，往海里抽石头，想把孟姜女砸死在海里。他这么一闹，龙王受不了了。这时候，龙王的女儿便自告奋勇，变成孟姜女的模样出来和秦始皇成亲，偷了秦始皇的赶山鞭。

北京延庆的《长城和孟姜女》也说孟姜女跳海之后，秦始皇拿出他的赶山鞭，往海里抽石头，想把孟姜女砸死在海底，还真把孟姜女的尸首给砸出来了：

填着填着，孟姜女的尸首就漂上来了。秦始皇见了，就叫人把孟姜女的尸首剐成

| 山海关附近海域上的"姜女坟" |

│长城│

肉条，撒到海里去。谁知这些肉条一入水，一下子就变成了面条鱼。

打这儿起，人们一看见面条鱼，就想起了孟姜女。

福建南平的《秦始皇的传说》中孟姜女向秦始皇提了三个条件：一、找到她丈夫的尸骨；二、风光大葬她丈夫；三、让天下的和尚诵经七七四十九天为她丈夫超度亡灵。秦始皇答应了：

秦始皇风光大葬了孟姜女的丈夫，然后下旨搭了一座高台，令天下的和尚都来念经超度亡灵。孟姜女披麻戴孝坐在高台上哭。和尚们念了七七四十九天的经，把孟姜女给度上天成了仙。秦始皇一见发了怒："你们这

些该死的和尚！我叫你们超度死人，你们却把活人给度上天了。"就下令把天下的

和尚都杀了，还烧了天下的经书。

孟姜女与地方风物传说

孟姜女与地方风物传说

现在，全国各地都有不同版本的孟姜女传说。传说在流传的过程中，又在不同的地方衍生出与当地风貌紧密相关的独具特色的地方风物传说。所谓地方风物传说，是指关于某一地区山川、风俗等的解释性传说。地方风物传说的形成，说明孟姜女传说在各地都能生根发芽。

在这里，我们通过来自上海松江、山东淄河、北京延庆和秦皇岛等地的孟姜女传说来看看孟姜女是如何与

传说中的孟姜女故居

不同的地方风貌结合在一起的。

上海松江一位老人讲的《驱蚊石》，说的是当地与孟姜女有关的一块驱蚊石的故事。

传说当年孟姜女去长城为万喜良送寒衣时，曾路过华亭城西。她一路哭哭啼啼，十分悲伤。当她走到仓桥附近的关帝庙后，觉得非常疲惫，就在旁边的一块石头上坐了下来。孟姜女太累了，所以刚坐下就睡着了。孟姜女的悲苦身世打动了蚊子，这一夜都没有蚊子去叮她。

| 大仓桥 |

从此以后，这块青石周围再也没有蚊虫出现，所以每到夏天人们都争着坐在这块石头上乘凉，并称它为"驱蚊石"。

｜杞梁妻投河｜

在古代典籍中，有杞梁妻投淄水而死的记载。至今，山东淄河的许多村落里还流传着与孟姜女传说相关的地方风物。

流传于山东淄河的孟姜

千年杏王

女传说认为孟姜女哭倒的是齐长城，镇上的梦泉村有一棵"千年杏王"，还有一块哭夫石。据说，孟姜女就是在"千年杏王"下知道范喜良的死讯的，然后，她就在"千年杏王"下面的一块大石头上哭夫：

长城建在劈山那个地方，她找到这里之后就上不去了。她在"千年杏王"下知道范喜良被填到长城下面去了。附近村子里的人觉得她可怜，就去劝她，并给她送了一些饭，孟姜女在"千年杏王"下的"哭夫石"上哭了三天三夜。现在当地人在为先人烧纸时，会画一个圈，这就是效仿孟姜女祭祀她丈夫。据说当时她一边烧纸、一边痛哭。当地人给她送饭时看到这种情景，就跟她学，现在也延续了这种习俗。

在北京延庆的传说《血斑石》中，解释了八达岭长城上一块表面满是血红斑点的石头的来历：

在八达岭的山坡上，有一块石头，表面满是血红色的斑点。每到盛夏时节，满山坡的石头都被晒得滚烫，唯独这块红斑石是凉的。为

什么呢？这里有个传说。

当年孟姜女独自来到八达岭筑城工地寻找丈夫。她寻来寻去，却怎么也找不到自己的丈夫，后来有人告诉她，说她丈夫修长城时累死了，尸骨就埋在城墙下。孟姜女听了，如同当头响了一个霹雳，两腿一软，坐在了身边的一块石头上。后来，长城被孟姜女哭倒了，她丈

齐长城

|姜女石|

夫的尸骨露了出来。孟姜女见到丈夫的尸骨，悲痛极了，便跳海自尽了。孟姜女的死感动了天地，就连叮咬过她的蚊子、臭虫，也感动得直落泪。它们悔恨当初不该趁孟姜女哭夫的时候去叮咬她，吸她的血。这些蚊子、臭虫想到这里，就都爬到孟姜女哭夫坐过的石头上，一点儿一点儿地把吸进去的孟姜女的血吐了出来，并发誓不再叮咬坐在这块石头上的人。从这以后，石头也有了感情，它冬暖夏凉，不管是谁，只要是正在思念亲人，坐在这块石头上，保证夏天不热，冬天不凉，蚊虫不咬。直到今天，这块石头还留在八达岭的山坡上呢。

河北秦皇岛的传说《孟姜女庙》讲述的则是孟姜女

投海后当地人是如何纪念孟姜女的，以及在这个过程中所发生的故事：

长城北去十三里，平原之上凸出一座土丘，叫凤凰山，上面有块陡峭的石头，叫望夫石，山上有座孟姜女庙，庙里有尊孟姜女像。孟姜女像塑得形态逼真，愁容满面地面对着南海。

传说自从孟姜女抱着万喜良的尸骨投海自尽，汹涌的波涛中便涌出了一座石坟。从此，每年春暖花开的季节，乡民们都要去孟姜女投海的地方悼念她。乡民们非常同情孟姜女的遭遇，想到她生前坚贞不屈的气节，就更加怀念她。

在乡民中，有位上了年纪的泥塑师傅，他是这一带出了名的塑像神手。传说他曾经给送子娘娘塑了个光屁股的胖娃娃，后来胖娃娃成了精，经常去村里找小孩子一起玩耍。因此大家给他送了个绰号叫神手张。这天大家正谈论着孟姜女，神手张对大家说："咱们不如给孟姜女建座庙、塑尊像吧，再把孟姜女的事迹刻在石碑上，让咱们的子孙后代都来纪念她。"大家听了，都觉得这主意好，便推选几位德高望重的长者出面操办——神手张自然是其中之一。

八达岭长城

|山海关|

经过大家多方集资，工程就要开始了。

但孟姜女庙建在哪里好呢？大家一时拿不定主意，就又去请教神手张。神手张想了想，说："当初孟姜女寻夫，来到这里的凤凰山上，站在一块石头上望夫，后来大家都把凤凰山上的石头叫望夫石，我们何不把孟姜女庙建在这望夫石上呢？"乡民们听了神手张的话，都齐声说好。

说起那望夫石也挺怪，是一块平地长起的石头，南面是悬崖峭壁，无路可通，根据地势，这庙只能坐南朝北，把庙门开在北面。开始动工那天，这里就像赶庙会一样，热闹非凡。周围的乡民听说要给孟姜女建庙，也都来帮忙，有料的出料，有人的出人，人多力量大，不久就把孟姜女庙修成了。庙建成之后，大家请神手张给孟姜女塑像。

神手张有个徒弟叫传神李。为什么叫这么个名字呢？据说传神李在塑像手艺上深得师傅神手张的秘传，塑出的像十分传神，所以大家都叫他传神李。传神李遵照师傅的吩咐，精雕细琢着孟姜女像，不久就塑好了。大家一看，这孟姜女像粉面桃腮，柳眉凤目，体态轻盈，神韵如生，很像孟姜女生前的模样。大家都称赞传神李的塑像塑得好，真是名师出高徒。大家搬来美酒，并做了许多下酒菜，款待师徒俩。酒席上，大家商量选了个黄道吉日，给孟姜女开光①祭祀。

第二天清早，在神手张余酒未醒、睡梦正酣的时候，传神李慌慌张张地闯了进来，说："活了，活了，快去看！"

他这一喊，把神手张给喊醒了，见徒弟神色慌张，他问道："什么活了？"

传神李说："昨天孟姜女像面朝北坐，一夜之间，孟姜女转身向后，面朝南坐了，难道是塑像活了吗！真是怪事。"

神手张疑惑地说："怎么可能呢？"

神手张跟随徒弟急急忙忙赶到庙里去看个究竟，许多乡民听到这件怪事也都跟着去看。到了庙里，神手张也愣住了，孟姜女像果真是面向南，背朝北，来了个大

---

①开光：指旧时神佛的偶像雕塑完成后，选择吉日揭去蒙在其脸上的红绸，开始供奉。

转身。神手张连声说道：

"这真是怪事！徒弟，是不是你夜间贪杯喝多了酒，睡得太死了，那些无赖趁机故意戏耍咱师徒俩，就把塑像偷偷转过去了？"

传神李说："就算我睡得再死如果有人抬动塑像，我能不知道吗？"

神手张不再细问，便招呼众乡民把孟姜女像又给转了过来。他仔细看了看塑像，见没有什么损坏之处；再看看四周没有被人搬动过的痕迹，心里好生纳闷儿。只好嘱咐徒弟晚上注意看守，还特意补了一句："晚上睡觉要警觉一些。"

这天夜里，传神李遵照师傅的嘱咐，坐在孟姜女像旁一动不动地看守着。一更、二更和三更过去了，四更刚敲过梆子，传神李心想：看来今天晚上孟姜女像准不会再转身了。这时候，他的困劲也上来了，他心想：再坚持半个时辰，天就亮了。嘴里还自言自语地嘀咕着："不能睡，不能睡……"可是眼皮一沉，头一低，便睡着了。刚打起鼾，一声鸡鸣便把他从梦中惊醒了，他揉了揉眼睛，急忙去看孟姜女像。这一看，可把他给吓蒙了。原来那孟姜女像又和昨天一样，面向南、背朝北地坐在那里了。传神李也顾不得困倦了，急忙跑下山去，向师傅报告。

到了山下，神手张还没睡醒呢。传神李喊醒师傅，说："师傅，快去看！孟姜女像又转身面向南海了。"神手张愣了半天也说不出话来。

后来，神手张想了许多办法，自己和乡民们轮流守夜，也都无济于事，孟姜女像照样转身朝向南海。

神手张心想：看起来孟姜女的心愿是面朝南海，我怎么能违背她的心意呢。他正在捻着银须沉思，传神李来找他，说："师傅，大家都叫我来问您，孟姜女塑像的事该怎么办哪？"

神手张说："徒弟，我想过了，孟姜女生前千里寻夫到这里，登上这座石山，向北望夫，后来她哭倒了长城，滴血认尸，最后怀抱尸骨投海而死。照孟姜女的心愿，她应该是想面南望夫。因此，我们这个塑像，我看也得面向南海，庙门朝南开才是。"大家听了，觉得有道理，便决定重建孟姜女庙。这回把孟姜女庙建在望夫石南面的悬崖峭壁上，把当年孟姜女上山踩出的一百单八步脚印修成了一百单八级石阶。

孟姜女庙

庙建成之后，孟姜女像还是由传神李来塑。这次他把孟姜女塑成坐北面南，而且塑得更加神采奕奕。等他把像塑完，已经累得筋疲力尽，便早早去休息了。因为前几次发生了塑像转身的怪事，第二天一早，他又特意去庙里看那尊塑像有没有变化。到了大殿里，传神李不看则已，一看又吃了一惊，原来昨天塑的孟姜女像，本来是昂首远眺南海的，经过一夜，孟姜女像却变成了低头俯视，且面有泪痕。传神李嘴里喊着："怪事！怪事！"脚下飞奔，急忙去请师傅。神手张随徒弟来到庙里，老人家手捻银须，左看右看，沉思了良久，才吩咐

徒弟，这天晚上在孟姜女庙的正殿里点上一对十斤重的香烛，关好庙门，闲杂人等都要回避，他要重塑孟姜女像，在完成前任何人不准偷看。传神李按照师傅的吩咐，一切准备就绪。

这天夜里，神手张便在庙内忙活了一夜。次日天明，人们一起赶到庙里来看。只见这次孟姜女像和前两次塑的大不相同：她身背包袱，面带愁容，双目凝视着南海上那座石坟。从此，凡是到孟姜女庙来的游人，只要站在孟姜女像身后，就能看到南海石坟。因此也就将神手张和徒弟传神李建庙、塑像的故事流传下来了。

孟姜女和民间歌谣

| 孟姜女和民间歌谣 |

人们不仅通过讲故事的形式来传播孟姜女传说，还通过歌谣来传唱孟姜女传说。早在唐代的敦煌曲子词《捣练子》中就有与孟姜女传说相关的内容，其中有一首写道：

孟姜女，杞梁妻。

一去燕山更不归。
造得寒衣无人送。
不免自家送征衣。
长城路，实难行。
乳酪山下雪纷纷。
吃酒则为隔饭病。
愿身强健早还归。

孟姜女庙

和敦煌曲子词《捣练子》相比，今天在民间流传更广的是《孟姜女十二月调》。前文已经提到，1986年，由黄梅戏表演艺术家杨俊主演的电影《孟姜女》中，有一个情节讲孟姜女在寻夫路上遭到守城门的官兵的刁难，迫不得已，孟姜女唱了著名的《十二月调》，直唱得守城官兵泪水涟涟，不仅归还了先前让她留下的过路费，甚至还送盘缠给她，送她过关。可见孟姜女的歌声有多感人。

《十二月调》因此在全国各地广泛流传。尽管名称各有差异，但我们现在从《中国歌谣集成（省卷本）》中都能找到与《孟姜女十二月调》相似的内容。例如，宁夏固原的《孟姜女哭长城》中唱道：

高高兴兴备嫁妆，
孟姜女十五配范郎，
天地拜过半月整，
秦始皇募民修长城。

一家一户征徭役，
不去服役就处死，
文书一张接一张，
张张有我小范郎。

正月里来是新年，
家家户户办年饭，
人家过年大团圆，
孟姜女过年泪涟涟。

二月里来二春风，
春风吹来满山青，
青山绿水惹人爱，
孟姜女看水泪盈盈。

三月里来三清明，

家家户户上祖坟，
人家上坟双双跪，
孟姜女上坟冷清清。

四月里来四月八，
手提篮篮剜菜花，
有心剜来无心拿，
想起范郎我转回家。

五月里来五端阳，
孟姜女的麦子满山黄，
人家的麦黄收上场，
孟姜女的麦黄放牛羊。

六月里来热难当，
黄河里担水熬米汤，
人家的米汤有人喝，
孟姜女的米汤隔门泼。

七月里来秋风凉，
家家户户装衣裳，
人家装衣有人穿，

孟姜女装衣压柜箱。

八月里来冷天来，
千里路上书信来，
打开书信急忙看，
秦始皇打长城万万年。

九月里来九重阳，
黄菊花儿满山黄，
有心摘来无心戴，
想起范郎我心发慌。

十月里来十月一，
孟姜女给范郎送寒衣，
走一里来哭一里，
不知道范郎在哪里。

十一月里降寒霜，
想起范郎好心伤，
世上的人儿千千万，
孟姜女活得实可怜。

十二月里来一年满，

想起范郎痛断肠，
不哭老子不哭娘，
孟姜女哭的小范郎。

走一步来哭一声，
哭到长城根底里，
范郎打在长城里，
哭倒长城十万里。

范郎范郎你等等，
奴家随你上天堂，
一搭活来一搭死，
不留人家守空房。

江西吉安的《孟姜女送寒衣》，又别有江南地区的生活情致：

正月里来是新年，
家家户户点红灯，
别家夫妻团圆聚，
孟姜女丈夫造长城。
二月里来暖洋洋，

堂前燕子飞成双，
孟姜女出入孤零零，
想到丈夫好心伤。

三月里来是清明，
家家春耕忙不停，
孟姜女丈夫修长城，
无人耕种冷清清。

四月里来养蚕忙，
孟姜女一人去采桑，
破烂桑篓背上肩，
想到丈夫泪汪汪。

五月里来是黄梅，
被子潮湿枕头霉，
晒得被子心难过，
不想丈夫又想谁？

六月里来热难当，
蚊子嗡嗡如雷响，
叮得奴家千口血，

叮我丈夫好心伤。

七月里来秋风凉，
家家堂前裁衣裳，
青蓝红绿样样有，
孟姜女家中是空箱。

八月里来月团圆，
北方天气渐渐寒，
无心望月先望夫，
被子薄来衣裳单。

九月里来是重阳，
重阳蒸酒桂花香，
千香万香奴不爱，
日夜想夫想断肠。

十月里来正打霜，
霜风刺骨实难当，
霜风刺奴犹是可，
可怜丈夫无衣裳。

十一月里来大雪飞，
孟姜女为夫送寒衣，
一阵寒风一阵雪，
风雪交加步难移。

十二月里来又过年，
孟姜女寻夫在冰天，
寻尽长城万里长，
不见丈夫泪不干。

除了通过一年十二个月的时节变化来倾诉孟姜女思念丈夫的心肠，在民间歌谣中，也有一些将孟姜女的悲喜与春夏秋冬四季相结合吟唱。例如，浙江地区的《孟姜女四季歌》和北京东城的《孟姜女四季歌》便是如此：

孟姜女四季歌
（浙江）

春季里来桃花开满溪，
天作之合，结为夫妻；
谁知半途风波起，

清夜怕听子规啼。

夏季里来荷花满池塘，
双双浮出一对鸳鸯；
方期交颈来欢聚，
无情棒儿打散一双！

秋季里来桂花香满枝，
孟姜女出门送寒衣。
今日特把寒衣寄，
可怜奴家泪凄凄。

冬季里来梅花岭上开，

孟姜女寻夫到此来；
可怜千里奔波远，
未知能寻得范郎归？

孟姜女四季歌
（北京东城）

春季里来是清明，
家家户户上新坟。
人家上坟飘白纸，
孟姜女上坟冷清清！

夏季里来热难当，
蚊虫飞来闹洋洋，

| 桃花

望夫石

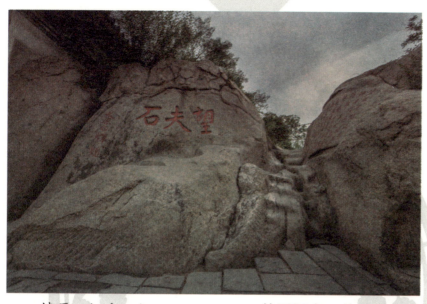

情愿叮奴千口血，
莫叮奴夫万喜良！

秋季里来雁门开，
孤雁足上捎书回，
闲人只说闲人话，
哪有个人儿送衣来？

冬季里来雪花飞，
孟姜女雪里送寒衣。
前面乌鸦来领路，
到了长城我好团聚。

　　甚至还有一些歌词会在更细微的细节上渲染孟姜女寻夫的心情。例如，北京门头沟的《孟姜女哭长城》，不是把孟姜女的哀思放在十二个月或者四季来吟唱，而是专门吟唱孟姜女一夜无眠、泪如雨下的忧思之情：

　　一更一点月影高，

　　寻夫的那佳人泪珠儿双抛，

　　盼只盼何日才把这长

城到，
见一见我的夫不枉我走
一遭。

二更二点月儿明，
寻夫的那佳人泪珠儿
盈盈，
盼只盼何日才把这长
城到，
见一见我的夫不枉我走
一程。

三更三点月儿残，
寻夫的那佳人泪珠涟涟，
盼只盼何日才把这长
城到，

见一见我的夫后事真
可怜。

四更四点月儿回，
寻夫的那佳人泪珠儿
双垂，
眼皮发干将要睡，
面前站立一人问了声
是谁。

五更五点月儿无，
寻夫的那佳人泪珠儿
双出，
盼到了天将明又要奔
路程，
盼到了天明又要奔路程。

孟姜女传说的精神内核

| 孟姜女传说的精神内核 |

在以上的各个章节中，我们重温了孟姜女传说，对孟姜女传说的主要故事情节做了介绍，同时也介绍了与孟姜女相关的地方风物传说和民间歌谣。

接下来我们要思考的问题是，孟姜女传说为什么能够长久而广泛地流行？孟姜女传说中蕴含着怎样的精神内核？我们至少可以从以下两个方面来分析。

首先，孟姜女传说包含着对忠贞不渝的爱情的赞美。与梁山伯与祝英台、牛郎织女、白蛇传类似，孟姜女传说中孟姜女与范喜良的结合也是在双方你情我愿的前提

下实现的，孟姜女和范喜良之间有着深厚的感情。面对突发的变故，孟姜女坚贞不渝，不顾旅途的艰辛万里寻夫，哭倒长城寻找丈夫的尸骨；面对强权的秦始皇，她用计谋使丈夫得到厚葬，然后自己追随丈夫而去。从这个角度来说，孟姜女传说是对孟姜女忠贞爱情的讴歌。

其次，孟姜女传说中包含着普通民众对暴政的反抗与控诉，对和乐安宁的生活的向往。在孟姜女传说中，秦始皇修建长城给普通民众的生活造成了灾难性的影响，家破人亡、妻离子散的惨痛经历与人们向往和乐安

宁、美满幸福的生活祈愿之间形成了巨大的、直逼人心的张力。在暴政的夹缝中，以孟姜女为代表的普通民众虽然看起来弱小，但仍然有力量反抗暴政（哭倒长城就是证明），仍然有对美好生活的向往。这是一种能够打动人心的力量。

实际上，孟姜女传说中蕴含的精神还有很多。大家不妨在广泛阅读孟姜女传说的基础上，继续去思考，并与周围的朋友共同探讨。

图书在版编目（CIP）数据

孟姜女传说 / 王均霞编著 ；杨利慧本辑主编. --
哈尔滨：黑龙江少年儿童出版社，2020.9（2021.8 重印）
（记住乡愁：留给孩子们的中国民俗文化 / 刘魁立
主编. 第六辑，口头传统辑. 二）
ISBN 978-7-5319-6514-5

Ⅰ. ①孟… Ⅱ. ①王… ②杨… Ⅲ. ①民间故事－作
品集－中国 Ⅳ. ①I277.3

中国版本图书馆CIP数据核字(2020)第172714号

记住乡愁——留给孩子们的中国民俗文化　　　　刘魁立◎主编
第六辑 口头传统辑（二）　　　　　　　　　　杨利慧◎本辑主编
孟姜女传说 MENGJIANGNV CHUANSHUO　　　　王均霞◎编著

出 版 人：商 亮
项目策划：张立新 刘伟波
项目统筹：华 汉
责任编辑：张愉晗 张 喆
整体设计：文思天纵
责任印制：李 妍 王 刚
出版发行：黑龙江少年儿童出版社
　　　　　（黑龙江省哈尔滨市南岗区宣庆小区8号楼 150090）
网　　址：www.lsbook.com.cn
经　　销：全国新华书店
印　　装：北京一鑫印务有限责任公司
开　　本：787 mm×1092 mm 1/16
印　　张：5
字　　数：50千
书　　号：ISBN 978-7-5319-6514-5
版　　次：2020年9月第1版
印　　次：2021年8月第2次印刷
定　　价：35.00元